살림

살림

초판 1쇄 발행 2024년 3월 14일

지은이 함영선
펴낸이 이기봉
편집 좋은땅 편집팀
펴낸곳 도서출판 좋은땅
주소 서울특별시 마포구 양화로12길 26 지월드빌딩 (서교동 395-7)
전화 02)374-8616~7
팩스 02)374-8614
이메일 gworldbook@naver.com
홈페이지 www.g-world.co.kr

ISBN 979-11-388-2844-4 (03810)

• 가격은 뒤표지에 있습니다.

• 파본은 구입하신 서점에서 교환해 드립니다.

살림

/ 함영선 지음 /

•
•
•

살아내고

살아나서

비로소 나로서 살아가는 이야기

좋은땅

그 언제라도 한 번은
나로서 살아 보고 싶은 그대에게

내가 되기에 늦은 때는 없기에

그 누구도 아닌 나 자신이
그 누구도 아닌 나 자신부터
살려 보기를…

프롤로그

살림, 당신으로서 살아가기를

'살리다'의 사전적 의미는
'잃어 가던 생명을 다시 지니게 하다,
약해진 불 따위를 다시 타게 하거나 비치게 하다,
본래 가지고 있던 색깔이나 특징 따위를
그대로 유지하게 하거나 뚜렷이 나타나게 하다'
입니다.

오늘조차 희미하여 내일은 보려고 하지 않은 채
하루하루 열심히 닳아 가기만 했던 때도 있었고,
남은 삶은 덤이라며
나를 외면한 무위로 얻은 평온으로

지내보기도 하였으며,
스스로를 돌보는 법을 채 배우기도 전에
무언가를 위해 삶의 에너지를 다 써 버린 나머지
나로서 살기에는
너무 늦어 버렸다 생각한 적도 있습니다.

그런데
살아온 삶이 얼마든 남은 삶이 얼마든
그 모든 것을 버텨 내고 난 후 언제든
이 안타깝고 어여쁜 삶을 살려 보고픈,
그래서 단 한순간이라도
나답게 살아 보고 싶은,
나로서 빛나고픈,
눈물 나게 내 삶이 그리운
그런 때가 오기도 합니다.

조심스럽게 그리고 용기 있게

자신을 살리려는 그 시작에 선 당신,

약소하게나마 살림의 여정을 여기에 담았으니

다만 어느 한 문구라도 당신에게 닿아

당신이 스스로 당신을 살려

잃어 가던 생명을 다시 지니게 하고

본래 갖고 있던 당신의 빛깔이

선명하게 드러나도록 하여

그 언제든

비로소 당신으로서 살아갈 수 있기를 바랍니다.

차례

수용 ·· 살아나기

긍정 ·· 살아가기

위로

•
•
•

살아내기

당신은 합격
·· 아픔의 이력서에 쓰인 당신의 생명력을 존경합니다

몇 줄 되지 않는 경력을 쓰다 점점 초라해집니다.

그 어둠을 살아 내어
아무렇지 않은 이 모습으로 간신히 이렇게 서 있는데
버텨 내는 것밖에 하지 못했고 그게 최선이었던 나에게
이력서는 한 줄이라도 더 독촉하며
여전히 너무 공백입니다.

만약
아픔의 이력서라는 것이 있다면
그간의 애씀으로 채워 보려 합니다.

이렇게 다시금 일어서기까지
치유와 회복의 정규과정을 모두 이수하였고
세상을 향한 지금의 이 미소가
바로 그 수료증이기에
이 존재 자체로
강인함과 생명력이 증명되는 건 아닐는지요.

만약 누군가가
여기까지 오면서 사랑의 온기를 간직했다면
그동안 정말 잘 살아 낸 거라고
지금 그렇게 존재하는 그 자체로 증명되었으며
그걸로 충분하다고 말해 줄 거예요.

그 모든 상황에서도
사랑과 희망의 불씨를 꺼뜨리지 않고 간직하여
자기만의 이야기로 채워 온 당신은
그래서 합격입니다.

살아 내어

사랑을 품고

거기 그렇게 밝고 따스하게 존재하니

그런 당신은

언제든 합격입니다.

거기 그렇게 밝고 따스하게 존재하는 당신,

언제든 합격입니다.

홀로 서려 홀로 애쓰지 말기

·· 어디엔가, 언제나, 누군가 있다

내가 나에게 기대어 본다.

마치 고열에 시달리는 것처럼 출구 없는 고통 속에서 느리게 흘러가는 시간을 보낸다.

감정적으로 살아야 하기에 내가 나를 안아 준다. 앞으로 어떻게 해야 할까를 고민하지 않는다. 그렇다고 아무것도 아니라며 굳이 잊으려고 하지도 않는다.

가만히 내가 내 옆에 누워 나를 토닥이고 잠들게 한다. 일어나서는 밥을 잘 챙겨 먹이고 회사에 가서는 일에 몰두하며 밤에는 또다시 마음을 앓는 나를 쓰다듬어 주며 나와 같이 잠이 든다.

이렇게 나는 나에게 기대어 온전히 나의 위로가 된다.

정서적 지지는 필요하다.

누구에게나 고독은 찾아온다. 그리고 혼자임이 더욱 절실히 느껴지는 큰 순간이 다가온다. 이런 순간에 있는 이들에게 홀로서기에 대한 강박은 너무나 벅차다.

사람은 있는 그대로 가치 있고 모든 생명은 그 자체로 이유를 묻지 않으나, 삶이 현실적으로 정서적으로 나락으로 떨어져 있는 무기력한 그때, 내가 나를 가치 있다고 생각할 수 있는 정신력과 자존감을 갖는 것은 너무나 어렵다.

그렇게 내 삶에 주어진 것들과 주어질 것들을 믿을 수 없어 주저앉아 있는 내게 "넌 있는 그대로 참 멋져, 할 수 있어, 늦지 않았어."라는 정서적 지지는 오히려 의아하다.

그럼에도 불구하고 고백하건대, 상투적인 지지일지라도 그런 무조건적인 정서적 지지는 내 삶의 가치를 믿고 인식하는 데 결국 필요했음을 인정하지 않을 수 없다.

어디엔가, 언제나, 누군가 있다.

내가 정말로 가치 있다고 인식하며 버티다가도 이내 쪼그라들고 마는 것이 자아에 대한 인식이다. 출근길, 산책길, 퇴근길, 잠들기 전… 내가 받고 싶은 응원과 희망의 메시지를 찾아 듣는다. 누구에게나 그런 정서적 지지의 통로가 있을 것이다.

분명 어디엔가 자기 가치에 대한 굳건한 인식을 갖게 해 주는 정서적 지지 기반이 있다. 가족, 친구, 내가 의미를 두는 사람… 돌이켜 보면 "넌 무조건 잘 돼."란 한없는 응원을 보내 주는 사람이 분명 있었다.

만약 그러한 사람이 잘 떠오르지 않는다면, 내가 나의 정서적 지지자가 되어 내가 듣고 싶은 위로와 희망의 언어를 나에게 들려준다. 때로는 내가 나의 가혹한 안티팬이 되기도 하나, 나만 마음먹는다면 내가 나의 절대적 지지자가 되기도 한다.

나만큼 나를 잘 아는 이도 없기에 결국 내가 나와 함께해 본다.

이처럼 정서적 지지를 보내 주는 사람이 있기에 홀로 서려 너무 홀로 힘쓰지 않았으면 한다.

많은 시간 고독하겠지만 그렇다고 누구도 늘 혼자일 수는 없고 또한 언제든 너무 혼자도 아닐 것이다.

그러니 좀 기대어도 좋다.

그것이 설령 나 자신일지라도….

누구든 늘 혼자일 수 없고
언제든 너무 혼자도 아닐 것이다.

어디엔가 언제나 누군가 있다.

홀로 서려 너무 홀로 애쓰지 않기를

당신의 밤

·· 당신으로서 충분히 안녕한 밤이 되기를

그러다 밤이 되었습니다.

이리저리 뒤척이다 휴대폰을 집어 들고 다른 사람들의 SNS를 보다가 인터넷 뉴스를 보고 영상을 따라 들어가다 눈이 아파 눈을 감습니다. 잠시 벽에 기대어 앉았다가 다시 일어나 물을 마십니다. 멍하니 야경을 바라봅니다. 이 밤에 깨어 있는 친구가 없나 문자 한 통을 남기지만 답장이 없습니다.

고단하게 일하다가 그 고단함을 해소하려 쉬고는 다시 몸을 일으켜 고단한 일을 하고 살아가는 삶. 한참 성숙하고도 남을 어른이고 누가 나를 일부러 소외시킨 것도 아닌데 고단한 밤은 여기 이렇게 덩그러니 놓여 있습니다. 아무렇지 않은 척했던 낮의 나는 밤이 되어서야 규명할 수 없는 마음을 펼쳐 놓아 봅니다. 나만이 볼 수 있는 나의 밤이라 다행입니다.

이런 나의 밤을 생각하다가 문득 당신의 밤을 헤아립니다.

당신의 삶을 여실히 느끼게 되는 그 밤은 너무 어둡습니다. 밤에도 끊임없이 흐르는 생각 안에서 당신은 거부할 수 없이 지난 시간을 고스란히 겪습니다. 당신의 기억이 당신을 휘몰아칩니다. 사는 내내 많은 밤, 그럴 겁니다.

그럼에도 불구하고 그런 당신의 밤은 당신 안에 있는 것들로 밝아질 수 있을 겁니다.

당신 마음 한편에 자리했던 혹은 자리하고 있는 그 사람이 이 밤을 밝혀 줍니다. 언제라도 한 명은 있었을, 지금 곁에 있을지도 모를, 앞으로 있을 소중한 의미를 갖는 그 사람이 이 밤 당신의 마음자리에 함께합니다.

당신의 오늘 하루가 이 밤을 환하게 만들어 줍니다. 오늘 당신에게 힘이 되거나 당신이 힘이 되어 준 사람, 성취, 설렘… 하루의 장면을 함께 넘겨 보며 머무를 수 있는 장면을 찾아봅니다. 충만함은 충만함대로 절망은 절망대로 우리 안에 자리하는 것들은 모두 우리에게 의미 있는 장면입니다.

모두가 잠들어 있기에 다른 사람들에게서 들을 수는 없는 그 위로를 당신은 기억해 낼 수 있습니다. 위안이 되었던 무언가가 분명 있었을 겁니다. 당신이 받았던 과거의 위로가 당신을 보듬어 줍니다.

당신 안에 자리하고 있는 사람, 오늘 하루, 과거에 위로가 되었던 무언가….

이처럼 당신의 이 밤은 처참하고 적막한 가운데에서도 당신 안에 있는 것들로 충분히 밝고 따뜻하게 안녕할 수 있습니다.

당신에게 진정으로 위안이 되는 것으로 당신을 재생시키는 지혜가 솟아나는 밤이길 바라 봅니다. 그렇게 지혜롭게 보낸 밤의 시간 덕분에 당신은 당신으로서 다시 피어난 아침을 맞이하게 될 것입니다.

당신으로도

충분히 따뜻하게 안녕한 당신의 밤,

당신을 재생시키는

당신의 밤이 피어납니다.

It's not your fault

·· 내 탓을 멈추고 가만히 내 말을 들어 주기

어느 영화에서 스승이 제자에게 말한다.

"It's not your fault."

절제와 엄격함은 필요하다. 그러나 돌이켜 보면 상실과 실패의 순간에 내가 내게 했던 지나치게 엄격하고 비판적인 태도는 나를 오히려 거기에서 헤어나오지 못하게 했다는 것을 깨닫는다.

나만을 비판하기에 여념이 없다 보면 다양한 원인과 해결 방법을 보지 못하고 문제 현상에만 집착하는 경우가 생긴다. 이는 편협함으로 이어져 상황을

제대로 파악하지 못하게 만들고 결국 자괴감만을 남기기도 한다.

이렇게 자책과 도전 사이를 오가며 나 자신에 대한 믿음을 잃어 가다가 더 이상 잃을 것이 없어진 나머지 어쩔 수 없이 내 탓을 멈출 수밖에 없는 순간이 오게 된다. 그 순간은 오히려 내 탓에서 자유로워진 상태가 된다.

자기비판으로 가득 차 있는 마음에서 한 발 떨어져서 그 마음을 응시하고 마음 주변을 자유롭게 거닐어 본다. 내가 나의 마음을 산책한다는 건 용기가 필요하면서도 의미 있는 행위이다.

그러다 보면, 내 안에 있었으나 놓쳤던 나와 만나게 된다.

내 탓을 멈추고, 조심스럽게 꺼내 보는 나의 말을 가만히 들어 준다.

"나는 사실…"

그러다 보면 자기 연민이 생기기도 한다. 어차피 그렇게 될 수밖에 없었던 것이라며 내 편이 되기도 하며, 한결 편안해진 모습으로 사람들과 솔직한 소통을 하는 가운데 더 좋은 마음 상태가 되어 간다.

원하는 대로 되지 않았어도 정말 괜찮다.

사실 나 자신의 문제에 대해서는 그 누구보다도 내가 노력하지 않았는가. 그러니 오직 최초에 설정한 당위만을 생각하며 나를 몰아가는 형벌을 내리지 않기로 한다. 물론 애초에 내 삶이었어야 한다고 생각한 것들로부터의 거리감도 잠시 접어 둔다.

내가 들은 나의 솔직한 의견에 따라 내 삶을 다시 한 번 바라보다 보면 그제서야 나를 위한 더 좋은 길을 발견하게 될지도 모른다.

내 탓을 멈추고

조심스럽게 내가 꺼내는 말을 가만히 들어 준다.

"나는 사실…"

간신히

살아 낸 당신

수용

살아나기

나를 위해 애썼던 나에게 말을 건네 본다

·· 지금의 나를 수용하기

어느덧 아침이 되었다.

일어나자마자 씻지도 않은 채 거울 앞에 앉는다. 머리부터 다리까지 토닥토닥 쓰다듬어 준다. 찌푸려서 주름이 간 미간과 선명한 눈 밑 다크서클, 안경을 끼지 않아 잘 보이지 않는 나를 희미하게 바라보며 작은 목소리로 말을 건네 본다. 활기찬 자기 확언이 아닌 어디서 들어 본 듯한 상투적인 말을 가져다 내게 건네 본다.

"지금까지 잘 견뎠고 잘 살아왔어.
대단해. 수고했어, 정말…."

이제 막 깨어난 나에게 이런 상투적인 메시지를 건네자마자 내 안의 자아가 눈물을 왈칵 쏟아 낸다. 혼자서도 다른 이 앞에서도 소리 내어 울어 본 적이 없기에 이내 멈춘다. 보는 이 없는데도 맘껏 울지 못한다.

그 눈물은 오랫동안 나를 위해 고군분투했으나 정작 나에게는 외면당했던 깊은 내면의 내가 나에게 그 존재를 알리며 건네는 인사이다.

이미 오래전부터 나를 위해 존재했던 나를 내가 뒤늦게 발견하고 알아주는 순간이다. 그렇게 자기를 알아봐 준 나에게 조심스럽게 고개를 내밀어 이제라도 알아봐 줘서 고맙다며 건네는 반가움이다.

하루하루 그렇게 아침마다 나를 봐 주는 시간이 쌓일수록 거울 속의 나를 보며 평온함을 느끼게 된다. 나를 바라보며 지금 그대로도 참 잘했고 혹여 잘하지 못했어도 괜찮다고 말해 준다.

이러한 자기수용이 당장 가슴 벅찬 희망을 가져다주지는 않는다. 그러나 적어도 내가 이 세상에 생긴 이래로 나를 위해 있었던 나에게 말 한마디를 건넴으로써 나를 위한 내가 있었다는 안도감이 생긴다. 지금도 괜찮으니 이 모습에서부터 시작해도 되겠다는 어렴풋한 자신감이 싹튼다.

여기 내가 있다.
나를 위해 계속 내가 있었다.
그런 내가 나는 괜찮다.

나를 위해 애썼던 나에게 말을 건네 본다.
"그랬구나…."

여기

나를 위해

계속 내가 있었다.

나를 위해 애썼던 나에게

말을 건네 본다.

"그랬구나…."

반드시 직면하는 무너지는 순간에 대하여

·· 무너짐과 물러섬의 미학

반드시 직면하는 순간들이 있다.

무언가 시도하려다 무너지고 물러서게 되는…

수많은 방법론을 취할 에너지가 남아 있지 않은 사람들은 이러한 잠깐의 좌절에도 다시금 움츠러들게 된다. 그래서 그 무너짐의 의미에 직면해 볼 필요가 있다. 그래야 반복되는 좌절에도 불구하고 다시 숨어 버리지 않을 수 있다.

무너짐은 그동안의 나의 살림의 여정이 무색하게도

순식간에 내 삶으로 들어온다. 눈을 뜨고 일어나 새로운 아침을 맞이하나 금세 정신과 몸이 무너진다. 이렇게 시작된 무너짐은 하루 일과 곳곳을 잠식하여 하루가 끝날 무렵, 풋풋했던 나의 아침은 어느새 폐허가 되어 있다.

내 의지만을 탓하기엔 억울한 측면이 있다. 스스로의 회복력으로 이제 다시 나아가 보려는데 아직 마음의 체력이 채 되지 않아 이내 주저앉고 지레 뒷걸음질 치는 것일 수도 있으니까 말이다. 그러나 이를 누가 알아주지 않아도 된다. 살아가기로 결심한 누구나 나약한 모습에 직면하곤 한다. 살아 보겠다는 너무 크고 간절한 소망은 오히려 스스로의 저항을 세게 받아서 고통이 되기도 하니까 말이다.

무너지는 순간이 오면 그 순간의 나를 정직하게 바라본다.

내가 반응하여 일어난 것들은 내 안에 분명 원인이나 의미가 있다. 어쩌면 무너지는 바로 그때 내 욕망을 보게 될지도 모른다. 잘 주시하다 보면 삶에 대한 나의 기본명제, 행동에 대한 전제를 발견하고 저기 구석에 숨어 있던 나의 소망, 불안함, 부담감, 불편함을 찾아낼 수도 있다.

그 무너짐은 진정으로 바라는 것을 이루는 방향으로 나아가고 싶어서이거나, 아니면 이유 없이 길들여진 습관 때문일 수도 있다. 이전에 가던 길이 오히려 잘못 들어선 길일 수도 있고 기존에 하던 방법이 제대로 된 방법이 아닐 수도 있다.

이처럼 무너짐은 잘못되어 감이 아니라 내가 다시 시작할 지점을 알려 주는 나침반이자 한 걸음 물러서서 내게 정말 나아갈 힘이 있는지 점검하는 계기이기도 하다.

내가 무너지는 그 순간은 나의 진정한 바람을 보게 하기 위하여 멈칫하도록 삶이 주는 선물이기도 하다.

무너짐과 물러섬 그 자체보다 인생 전체에서 그것이 갖는 의미를 생각해 본다. 이는 나를 살리는 또 하나의 여정이자 어찌 보면 소중하고 감사한 행운이다.

멈춘다 하여 내 삶이 본래 나아가야 할 방향으로 나아가지 못하는 것도 아니다. 나는 나의 속도로 나의 방향으로 나만큼 나아가게 될 것이다.

그러니 무너지는 순간에는 잠시 물러서서 삶이 선물하는 찬란한 나의 시작을 용기 있게 맞이해 본다.

무너지고 물러서는 순간은
삶이 선물하는
찬란한 나의 시작일지도 모른다.

서로 다른 계절을 사는 지혜

‥ 봄을 품은 겨울나기

우리는 서로 다른 계절을 산다.

봄, 여름, 가을, 겨울 4계절처럼 우리네 삶의 계절도 순환한다. 겨울 다음에 봄이 오는 것은 당연한 이치인데, 겨울 한가운데 있을 땐 봄이 곧 오리란 것을 전혀 믿을 수 없고, 기약 없는 계절 속에서 많은 시간 허덕인다.

같은 시대, 다른 공간, 우리는 시차를 두고 저마다의 계절을 살아간다. 각자의 계절이 맞물려 돌아가기에 세상은 다채롭고 추위와 따스함이 공존한다. 나의 겨울, 당신의 봄, 그의 가을, 그녀의 여름… 우리는 이렇게 다른 계절에 놓인 채로 다른 이에게서 나의 계절을 본다.

당신의 봄을 보았다. 그 따스함에 대해 함께 이야기를 나누며 나의 봄을 그려 본다. 그의 계절은 가을이다. 모진 시간을 거쳐 거둔 결실에 진심으로 박수를 보낸다. 그녀의 계절은 여름이다. 지독한 더위에 놓인 그녀에게 더위를 식혀 줄 그늘을 함께 찾아 준다.

이처럼 서로 다른 계절 속에서 더불어 살아가는 지혜와 배려가 나의 계절을 살아가게 하는 힘이 된다.

당신의 봄을 보고 나의 겨울이 영원하지 않을 것이란 소박한 믿음을 갖게 된다. 좋은 것은 영원할 것 같고 나쁜 것도 영원할 것 같다는 착각에서 조금은 편안해질 수 있다. 겨울 뒤에 봄은 반드시 오고 그렇다고 봄이 영원하지도 않다는 것을 알게 해 준다. 그래서 뜻하지 않게 맞이하게 된 겨울일지라도 의연히 받아들이고 인내하며 미소 지을 수 있다. 또한 봄이 온다 하여 성급하게 모든 고통이 다 끝났다고 생각하지도 않는다.

서로 다른 계절의 순환에 놓인 우리는 다양한 온도와 빛깔로 함께 희망과 지혜가 되어 주며 계속하여 살아 나갈 힘을 얻는다.

겨울은 봄을 품고 있다.

내게도 봄이 온다는 것을 정말로 믿고 오직 건강한 믿음만으로 버텨 나갈 수 있겠는가.

내 삶에서 겪은 일들을 하나씩 되새겨 본다. 원인을 생각하고, 그 일에 반응했던 나의 모습과 결과를 떠올려 본다. 그때 나의 힘은 어디에서 나왔는지, 나의 에너지원이 무엇이었는지 기억해 낸다. 체력, 지식, 사람, 사랑, 분노, 단기간의 희망과 성취 또는 그 무엇이었는지…

그리고 그런 힘이 지금도 내게 있는지, 그 에너지원이 지금도 내게 힘이 되는지 생각해 본다.

봄이 온다는 희망을 품는다고 할지라도 나의 겨울의 화로에는 스스로의 힘으로 불을 붙여 온기를 유지해야 한다. 만약 혹독한 겨울을 나려고 고군분투하고 있다면 이렇게 나의 에너지원을 찾아 나만의 겨울나기 지혜를 만들어 본다.

지난 인생에서 내 안의 힘을 찾아내고 느껴 보면 그것이 이 겨울을 살아 나갈 온기가 된다.

서로 다른 계절을 사는 지혜와 배려 그리고 스스로의 온기로 겨울이 녹고 어느덧 봄이 온다.

봄을 품은 겨울,

서로 다른 계절을 사는 지혜와 배려

그리고 스스로의 온기로

겨울이 녹고 어느덧 봄이 온다.

그저 내 삶

·· 변화를 안심하고 받아들이기

모든 이들의 경험은 다 다르다.

어떠한 계기로 삶의 큰 통찰을 얻게 되거나 본의 아니게 성숙해질 수밖에 없는 내면의 성장통을 겪어야 하는 시기가 있다. 어떠한 경험을 너무나 큰 충격으로 받아들여 삶이 송두리째 흔들려 버릴 때도 있다.

푸르른 날보다 그렇지 않은 날이 더 많을 수 있고, 아무도 가 보지 않은 희미하고 뿌연 길로 들어서게 될 수도 있다. 이는 삶에서 본의 아닌 경험과 성찰을 하고 난 사람의 자연스러운 반응이다.

이러한 경험으로 형성된 내면의 무언가를 가지게 된 이상 이전의 속도와 방향대로 살아가는 것이 어려워 멈추게 되기도 한다. 그리고는 내가 어디로 가고 싶은지, 얼마큼 가고 싶은지 생각해 보다가 지금껏 떠올려 보지 않았던 새로운 길을 발견할 수도 있다.

이처럼 변화된 내면의 목소리가 들릴 때, 다시금 이전의 나의 기준에 나를 맞추는 관성에 이끌려 기존의 삶을 변함없이 가꾸어 가는 삶을 선택할 수도 있다. 이 경우에도 그 삶은 이미 이전과는 내면의 결이 다른 삶이 되어 있을 것이다.

그러나 아무 일 없었던 듯 살아가는 그런 선택이 자칫 자기 아닌 길로 들어서게 할 수도 있다는 우려가 있다. 그러니 이 지점에서 잘 살펴봐야 한다. 내가 정말 그 이후에도 변화된 나를 외면하고 기존의 삶의 흐름에 나를 맞추는 선택을 할 것인지, 그러한 선택에 후회가 없는지 말이다.

만약 이러한 성찰 후에 나의 변화를 수용하는 시점이 혹여나 오게 된다면 이 또한 행운으로 여겨도 좋을 것이다. 어쩌면 그 시점에서야 가장 나다운 길로 들어설 수 있을지도 모른다.

내게 스며든 변화의 의미를 알아차리고 이를 기꺼이 받아들이면 내 삶의 새로운 다음 장면이 시작될 수도 있다.

그러니 변화된 내가 어떠한 선택을 하든 안심하고 그런 선택에 조금은 편안해졌으면 좋겠다. 이제 막 살아나서 변화된 내면 그 자체가 이미 너무도 가치 있다는 것을 알아차렸으면 좋겠다. 나만이라도 내 선택을 허용해 주었으면 한다.

더 나은 나중을 기다리기에는 지금 이 삶은 이미 나의 삶이다. 오늘은 너무나도 값지고 소중한 내 삶을 발견하는 하루이다. 지금 가장 나다운 선택을 할 수 있고, 그래도 괜찮고, 지금 아니면 언제 나다울 수 있을지 기약이 없다. 그러니 오늘의 나로서 하는 모든 선택들이 가장 나다운 것인지를 진지하게 고민하는 자유를 가져 본다.

나는 나의 선택들로 나로서 살아갈 수 있다.
그저 내 삶이고 지금의 내가 그렇다.
그뿐이고 그래도 되는 것이다.

나를
나로서 살아가게 하는 선택,

변화된 내가 하는
그 선택에

조금은
편안해졌으면 좋겠다.

이제야

살아난 당신

긍정

•
•
•

살아가기

그래서 무엇을 할 수 있는가

·· 지금 여기에서 최선의 나

다시 나아가 보기로 했다.

그러나 나아가려는 나와 주저앉으려는 나 사이에서의 괴리감이 느껴질지도 모른다.

과거는 지혜라는 이름으로 우리를 주저앉히면서 더 이상 꿈을 꾸지 말라고, 살아가는 것만으로도 감사하라고 속삭인다. 우리는 이내 이 속삭임에 설득당하여 나름대로 지혜롭다는 방식으로 조심스럽게 한 걸음 내딛으며 '역시 지난날들이 교훈이 되어서 다행'이라고 위안을 삼는다.

그런데 이는 실상 조심스럽게 내딛음이 아니라 주저함이다. 어차피 바꿀 수 없는 나의 삶이라고 인정하고 나면, 포기가 정당화되는 것이 아닐까 하는 생각도 든다. 밤이 되면 다시 안전지대로 들어가 모든 노력을 멈추어도 될 것 같은 편안함에 빠져든다. 그래서 다음 날은 다시 원점이고 그 편안한 우울감은 매일 조금씩 쌓여만 간다.

그래서 나에게 묻는다.

이 우울감에 그대로 머무르기로 한 것인지. 설레는 아침으로 시작하여 이 하루만이라도 정말 잘 살았다고 자부할 정도로 멋진 날을 만들기 위해 노력해 보았는지. 능력이 부족하면 그 안에서라도 최선을 다해 보고, 내 삶에 없는 것이면 그 속에서라도 행복을 찾으려 해 보았는지.

삶이 삭막하다 느껴질 때 내가 먼저 사람들에게 한없는 따스함이 되어 보았는지. 나에 대한 파괴 본능과 나쁜 중독으로 내일도 달라지지 않을 것이란 자포자기에 빠져 있을 때 믿음을 심어 줄 사람을 기다리지 않고 스스로에 대한 믿음을 굳건히 하기 위한 미미한 몸짓이라도 해 보았는지.

언제든 누구에게든 지금 내 앞에 난 길이 있고 지금 내 옆에 사람이 있으며 내가 할 수 있는 작은 몸짓이 있다.

지금 내 앞에 난 길조차 제대로 보지 못하고 내 옆에 있는 사람에게조차 최선을 다하지 못하며 내가 할 수 있는 작은 몸짓조차 시도하지 않는 것은, 혹시 있을지도 모를 좋은 가능성마저 내가 나에게서 빼앗는, 삶에 대한 유기라고 할 수밖에 없다.

지금 내가 가는 이 길 위에,
내게 닿은 인연 속에,
나에게 주어진 이 하루 속에,
미미해 보이는 이 작은 몸짓 속에,
나를 살리는 무언가가 있다.

그리고 어쩌면 이미 내게 최고의 것이 주어져 있을지도 모른다.

그러니 자기 연민의 아늑함과 합리화에 빠져, 삶의 가능성을 섣불리 한정 짓는 오류에 빠져, 이 하루를 포기하지 않았으면 한다. 후회되는 과거의 장면은 오늘 나의 작은 몸짓이 새로운 역사를 씀으로써 희미해질 수 있다. 뿌연 미래는 오늘 나의 정성스러운 작은 몸짓 덕분에 조금은 더 명료해질 수 있다.

내 삶을 언제까지 얼마만큼 완성해야 한다는 할당량이 있는 것이 아니다. 달성해야 하는 미래를 규명하지 않고, 오늘 최선의 나로 살아가는 것을 소망으로 한다면, 지금 나를 포기할 이유가 전혀 없다. 이제 과거로 인한 두려움은 지혜가 되어 나를 도울 것이다. 이제 나를 가로막는 것은 나의 포기의 몸짓뿐이라는 것을 알게 될 것이다.

나의 최선과 최선의 나는 지금 여기에 있다.

멀리 보려 하면 보이지 않는다. 가능성은 바로 지금 여기 내 옆에 내 앞에 모두 놓여 있다. 그 시간을 다 살아 내고 살아났다면, 이제는 행복의 기회를 하나씩 잡아 보려는 의미 있는 몸짓으로 정성스럽게 시간을 채워 나간다. 그럼 그 시간은 바로 최선의 나로 채워질 것이다.

그렇게 되어 가는 대로, 최선의 나로 그려진 하루가
모인 나의 삶은 나로서 최선의 삶이 되어 간다.

의미 있는 작은 몸짓,

최선의 나로 채워진 하루가 모인

나로서 최선의 삶

삶은 늘 다음을 준비해 놓았다

·· 결국 내 것이 내게 왔다

지난 시간이 내게 말한다.

삶은 늘 다음을 준비해 놓았다.

내가 바라던 바와 꼭 같은 것은 아니나
인생이 무언가를 준비해 놓았음을
시간이 지나고서야 깨닫곤 했다.

죽음의 지옥 안에서 타들어 가고 있을 때
인생은
저만치 부활한 나를 놓아두고 기다리고 있었다.
다시 살아갈 수 있도록 하기 위해

저 앞의 내가 지금의 나에게
조금만 더 버티라고 살아 내라고
응원해 주고 있었는데
정작 나는
끝이라며 넋 놓고 있었던 유약함이곤 했다.

내 삶이 준비해 놓은 축복이 있다는
굳건한 믿음을 가지고 있다면
그러한 나의 신뢰를,
나의 인생은 꼭 그대로가 아니더라도
어떻게든 기꺼이 보호해 주려고 준비해 놓는다.

내가 진정으로 삶을 포기하지 않고
나를 믿고 있는 힘껏 나아간다면.

결국 내 것이 내게 왔다.

소망하는 것들에 대하여,

내 것이 아닌 건

아무리 기다려도 선불리 내게 오지 않았고

내게 온 것 중에 내 것 아닌 것은 결국 떠나갔으며

내 것은 아무리 늦어도 언젠가 꼭 내게 왔다.

내게 온 것 중에 내 것이 아닌 것이 없었고

내 것이 내게 오지 않은 적이 없었다.

내 것은

아무리 늦어도

언젠가 꼭 내게 왔다

사람에게 닿는 삶

·· 나의 봄이 당신에게도 스며들기를

우리가 어떠한 상황에 있든 세상은 그저 세상의 시간대로 흘러갈 것이다.

그리고 사람들도 각자의 시간이 흐르기에 내가 어떻게 여기까지 흘러왔고 어떻게 버티며 살아가고 있는지 늘 기억하며 나를 대하기는 어렵다.

그럼에도 내가 어디를 가든 또한 사람이 있을 것이다.

내가 있던 곳에서 한참을 떠내려와 다다른 곳이 어디인지 모를 때조차 거기에도 함께하는 사람이 있다. 도망가 있어 외로운 가운데에도 사람이 있을 것이고, 세상 속에서 있다 하여도 손 내미는 이가 없을 수도 있다.

모든 곳에 따뜻한 울림이 있고 또한 고독이 있다.

내 상태를 알아주기만을 바라는 한 이 세상은 한없이 추울 것이다. 매번 누가 나를 이해해 주는지 분별하는 데 마음을 쓰다 보면 그 기준은 점점 왜곡되고 엄격해진다. 이 세상이 삭막한 곳이라 규명하며 마음의 옷깃을 더욱 단단히 여미게 될지도 모른다.

그러나 내가 다시 세상에 나아가기로 결정했다면, 이제는 세상이 나를 살펴 주기를 바라는 것을 멈추고 내가 먼저 세상의 겨울을 알아주는 것은 어떨까 생각해 본다.

마음을 열어 보면 자연스럽게 다른 이의 마음과 상황이 고스란히 느껴진다. 굳이 삶의 목표가 사람이 아니고 이 한 몸 보존하는 것이어도 좋다. 그러니 나 자신을 위해서라도 다른 이의 사랑을 기다리기보다 내가 먼저 사람들에게 사랑으로 닿으려 노력해 본다.

내가 겨울을 잘 견딘 봄이 되어 봄을 나누어 주려는 마음을 갖는 순간 이미 나의 봄이 시작되고 나는 봄에 살게 된다. 시작이 어려울지라도 이런 선순환의 고리를 내가 먼저 만들어 본다.

마음만 먹으면 바로 지금 여기에서 더불어 봄이 되고자 하는 결정을 할 수 있다.

나를 봄에 살게 함으로써 자연스럽게 당신의 삶에도 나의 봄이 스며들었으면 하는 바람이 여기 있다.

나의 봄이

당신에게도 스며들어

더불어 봄이기를

살아난 내가 살아가는 길

·· 내 시선이 닿고 내 마음이 향하는 곳으로

내 삶이니까 그냥 포기하고 살아도 된다.

사람들과의 약속은 상대의 신뢰가 있기에 지키기 위해 최선을 다해야 한다. 그런데 내가 나에게 한 약속은 아무도 모르고 그 누구에게도 피해를 주지 않으니 언제든지 없었던 듯 저버려도 상관이 없다.

다시금 남몰래 제자리여도 심지어 뒤로 물러서도 내게는 전혀 문제될 것은 없다. 내가 내 인생을 저버림이 그 무엇보다도 나 자신에게 상처가 됨을 알지 못하고 만연해진 합리화에 선택을 맡겨 버려도 괜찮다.

그런데 그걸 지켜보는 이가 있다.

이 세상 그 누구도 알지 못할지라도 딱 한 사람은 이 과정을 모두 지켜보고 있었다.

바로 늘 내 곁에 있었던 나 자신이다.

내가 나를 위한다는 명분으로 너무도 당연하게 나를 저버릴 때조차도 나는 나의 선택을 지켜보고 있었다. 말없이 지켜보던 나는 말없이 상처받고 있었다.

그 표정엔 안쓰러움이 가득하다. 그간의 수고를 너무도 잘 알기에 다그치지도 못한다. 그러나 한편으로는 그 가능성과 생명력을 너무도 잘 알기에 계속하여 응원을 보내고 있다. 누구보다도 나의 행복을 바라고 있기에 행복이 추구할 만한 가치가 있음을 알려 주기 위해 끊임없이 말을 건넨다. 눈을 감고 귀를 닫아도 어디선가 들리는 소리는 내 안의 외면할 수 없는 목소리이다.

그러니 적어도 나만큼은 안타깝게 나를 지켜보고 있던 나를 소외시키지는 않아야겠다.

삶 그 자체는 옳고 그름과 좋고 나쁨이 없는 가치중립적인 것이기에 어떠한 경우에도 나는 삶의 피해자가 되지 않기로 한다. 부정의 터널에서 긍정의 터널로 들어서는 용기를 가져 보기로 한다.

충만한 감정으로 삶을 대하고 내면에 치유의 힘이 있다는 것을 믿고 나를 긍정하며 나아갈 때 이제 내 삶은 나의 것이 된다.

나의 결정에 대한 책임으로 이 모든 것을 안고 나아갈 힘은 내 안에 있다.

그 힘으로 나는
내 시선이 닿고 내 마음이 향하는 곳으로
한 발짝 내딛어
비로소 나로서 나의 삶을 살아간다.

미래로부터 온 편지

자유롭고 행복하게 살아라.
우리는 너를 다 이해한단다.
네가 하는 모든 선택들을 지지한단다.
그러니
마음이 닿지 않는 선택을 할 필요가
전혀 없단다.
온전히 너의 마음의 소리를 따라서
자유롭게 살아가렴.
더 늦기 전에 네가 진짜 원하는 삶을 살렴.
자신 있게 즐겁게 그렇게 살아가렴.

살아 내고

살아나서

내 시선이 닿고 내 마음이 향하는 곳으로

비로소 나로서

나의 삶을 살아간다.

비로소

살아가는 당신

에필로그

걷고 싶은 길

어느 길을 걸을까 고민하는 즐거움이 있다.

걷고 싶은 길이란

하늘과 함께하는 길
하늘을 가린 울창한 숲길도 좋지만
대부분은 하늘을 보며 걸을 수 있는 길이 좋다.

푸르름이 함께하는 길
나무와 들풀, 꽃도 좋고 갈대도 좋다.

강이 흐르는 길,

도시가 바라다보이는 길,

바다가 보이는 길,

이처럼 무언가

멀리서 조망할 수 있는 경치가 펼쳐진 길이 좋다.

바닥은 흙길이나 아스팔트 길이나 다 괜찮다.

다만 너무 가파르지 않은 길

너무 힘들여 올라가야 하는 길은

버거움에 선불리 발이 내딛어지지 않는다.

폭이 조금은 넓은 길

혼자 걷기보다 함께 걸을 수 있는 좀 너른 길

가다가다 쉼터가 있는 길

쉬면서 바라보이는 풍경이 있는 길

이정표가 눈에 잘 띄는 길

누구라도 방향과 속도를 짐작하고

안심하고 걸을 수 있는 길

이렇게 내가 걷고 싶은 길을 생각하다 보니

어느새

내가 되고 싶은 나의 모습이다.

푸르름이 느껴지는 밝은 미소로 넓은 시야를 갖고

사람들이 안심하고

자기와 마주할 수 있는 여유를 가질 수 있도록

천천히 도란도란 함께 걸어가 줄 수 있는 사람

내가 지향하는 바를 누구나 잘 알 수 있고

힘들 땐 쉼이 될 수 있게 마음자리를 내어 주는 사람

내가 걷고 싶은 길

내가 되고 싶은 길

사람들에게 되어 주고 싶은 나란 길

내가 살아온 이 길이

누군가를 살리는 데 보탬이 된다면

그리고 무엇보다 나 자신을 살리는 경험을 했다면

그 자체로 감사하고 뜻깊은 여정일 것이다.

그리고 궁극에는

누구나 걷고 싶은 그 길이 되는 것이

스스로 살아난 사람들의 사명이 아닐까 한다.

사람은 결국

서로를 살리는 동행이다.

나의 세상이 되어 주신 아버지와

'엄마'란 이름으로 살기 위하여

자신을 위한 모든 기회를 잃었음에도

주어진 삶에 매 순간 정성을 다하며

여전히 생에 대한 열정과

세상을 향한 밝은 미소와

사람에 대한 따뜻한 마음을 갖고 있는

아름다운 여인에게

사랑과 존경을 담아 이 책을 바칩니다.

당신의 남은 생이

가장 당신답게 빛나기를…

쓰러져 있는 나를 돌봄과
멋지게 나아가는 자기 계발
그 사이 어디쯤에 있는 누군가가
자신의 삶을 살려 나가는데
자그마한 도움이 될 수 있다면
그 시간을 살아 내고 살아난 저 역시
앞으로 살아가는 데
더욱 용기를 낼 수 있을 것이기에
이 글과 인연이 닿은 분들께
진심으로 감사하다는 말씀을 드리고 싶습니다.